KB092142

고독 위에 핀 꽃

조한직 제2시집

시음사
시사랑음악사랑

문방사우를 닮은 시인 조한직

조한직 시인하면 가장 먼저 떠오르는 단어가 "문방사우" [文房四友]이다. 그중에서도 송연석을 만드는 과정을 보면 소나무를 십여 일간 태워 아주 적은 끄름을 얻어 만들어진다. 미세한 끄름을 채취해서 먹을 만드는 과정이나 조한직 시인이 시를 한 편 짓기 위해 노력하는 과정이나 다름없을 것이다. 조한직 시인은 전형적인 사대부의 문신, 학자이다. 노력하는 시인 그러면서 꾸준히 독자와의 만남을 시도하는 시인, 후배양성을 위해서도 봉사하는 시인이기도 하다. 지난 "전국시인대회"에서 대상을 받을 정도로 실력을 갖춘 시인이면서 언어로 시를 표현하는 시낭송가 이기도 하다.

조한직 시인은 늘 변함없는 작품 활동으로 약 800여 편의 작품을 집필해두고 지금도 꾸준히 퇴고한다는 시인이다. 그래서인지 조한직 시인의 작품에서는 빈틈을 찾아보기 힘들다. 시어가 남루하지도 않으면서 젊은 시인 같은 현대적 감각 또한 지니고 있다. 언어의 표현은 자유롭고, 시적 표현은 감미롭다. 그러면서도 사유(思惟)가 깊어 화자의 자아는 섬세하고, 이미저리가 정확한 것이 특징적인 작품을 보여주고 있는 시인이다.

조한직 시인은 첫 시집 "별의 향기"를 발표하고 긴 시간 동안 고뇌한 작품을 엮어 제2 시집을 들고 독자 앞에 좌판을 펼쳐 놓았다. 차곡차곡 저축한 시인의 자산을 시어의 통장에서 찾아 독자에게 나누려 한다. 아니 한 편만 사달라고 설득하고 있는지도 모른다. 이제 고희를 바라보는 중견 시인의 두 번째 작품집 "고독 위에 핀 꽃"이 새로운 삶에 꿈과 희망으로 피어나길 바라며, 시를 쉽게 생각하는 문인에게도 추천하고 싶은 시집이기에 기쁜 마음으로 추천한다.

사단법인 창작문학예술인협의회 이사장 김락호

시인의 말

밝은 해가 솟아올라도 곳곳에 그늘이 지듯 여느 화려한 삶 속에도 고독은 찾아들게 마련이며 고독이 바위보다 무겁고 크다 해도 오로지 자신이 지고 일어서야 할 온전한 짐이다. 삶의 무게에 짓눌린 고독을 스스로 깨고 비켜서서 그 위에 아름다운 꽃을 피운다는 것은 참으로 갸륵하고 아름다운 일이 아닐 수 없으며 아무리 좋은 환경 속에 산다 해도 고독을 모르고 살 수는 없기에 나름대로 고독을 이겨낸다는 것은 자신을 다잡아 내는 것이다. 고독 위에서 바람에 흔들리며 봉오리를 맺고 꽃을 피워내는 것은 쫓기듯 달려온 애처로운 삶을 가슴으로 사랑하지 못했다면 묻혀버리고 말 언어의 조각들을 캐낼 수 없었을 것이기에 오늘 고독 속에서도 천 갈래 만 갈래의 빛깔로 피어난 꽃이 더욱 아름답게 돋보이길 바라며 오늘 내 삶이 온전히 고독의 도가니에 들었어도 그 위에 한 송이 꽃을 피워낸 것은 내게는 너무도 황홀하며 눈물 나게 감사하고 가장 아름다운 기억으로 남을 것이다. 나는 오늘도 고독 하지만 그 위에 꽃을 피우기 위해 또 하나의 봉오리를 짓는다.

시인 조한직

♣ 고독 위에 핀 꽃 - 1부

♣ 고독 위에 핀 꽃 - 2부

QR 코드 스마트폰으로 QR 코드를 스캔하면 시낭송을 감상할 수 있습니다.

제목 : 기다림의 날
시낭송 : 최명자

제목 : 너는 그리움이다
시낭송 : 김지원

♣ 고독 위에 핀 꽃 - 3부

QR 코드 스마트폰으로 QR 코드를 스캔하면 시낭송을 감상할 수 있습니다.

제목 : 노정(路程)
시낭송 : 김지원

제목 : 하얀 마음으로 살고 싶다
시낭송 : 조한직

♣ 고독 위에 핀 꽃 - 4부

QR 코드 ㅣ 스마트폰으로 QR 코드를 스캔하면 시낭송을 감상할 수 있습니다.

제목 : 흔들림에 생명이 있다

시낭송 : 박영애

제목 : 벚꽃 길을 거닐면

시낭송 : 박영애

QR 코드   스마트폰으로 QR 코드를 스캔하면 시낭송을 감상할 수 있습니다.

 제목 : 벚꽃 사랑
시낭송 : 김지원

 제목 : 동백꽃 사랑
시낭송 : 박태임

고독 위에 핀 꽃
1부

흐노니 위에 핀 꽃 (능소화)

가슴으로 품은 흐노니
타오른 애끓음이 붉기도 하여라

한뉘 가슴에 품고서도
끝내 볼 수 없는 설움의 응어리를
그토록 진한 멍울로 피워냈는가

울타리에 피운 안다미로의 속 사랑을
몰라주는 다소니, 서럽도록 미워도
고운 얼굴 위에 눈물 자국 흐를까
언제나 방실거리며 우러르네

다소곳한 고운 매로 힐조에
바람에 흐늘거리는 모습 가여워라

여린 줄기에 매달린 다솜, 사나래 되어
하롱하롱 너의 애끓음은 모른 채
스치는 발길마다 예쁘다고 한다

곧은 마음의 붉은 꽃송이 다랑귀하다
하룻밤 새 땅바닥에 떨어진 흐노니라고
함부로 밟지 마라
져서도 오직 한마음, 지아비를 우러른다네.

꿈꾸는 회상

난 그대고,
그대는 이몽(異夢)인가

그윽한 눈
아래로 내리깐
정녕 그대는 이몽(異夢)이런가

푸른 영혼 붉은 심장으로 흘러
벅차오르던 이상(理想)은
아득히 먼 허공을 서성이며

가슴에 남은 통한의 애끓음은
그대의 이몽(異夢)에 헛된 줄도 모르고
정열을 모두 소진하고 만다

시간이 흐를수록 더한 그리움은
달빛 속에 촘촘히 차오르고
잊자, 차마
말 못하는 가슴 애처로워

오늘 밤도 또 바람 앞에
그대를 회상(回想)하고 만다.

그리움의 나무

초연히 돋아
홀연히 사라진 빛처럼
여린 영혼의 애원 뿌리치며
돌아간 뒷모습의 잔영에 매달려
홀로 그리는 아픔이 인다

마음 밭 물 조리질도 않는데
점점 자라서 하늘에 닿은 파란 그리움아
넌 무얼 먹고 자꾸 자라나는가

하 세월 깊은 계곡 홀로 서서
잡힐 듯 어른거리며
보일 듯 다가오지 않는 가슴안의 나무
슬픈 밤엔 더욱 쑤욱 자라는구나

얼마나 더 자랄까
얼마나 더 그리워하면 너에 닿을 수 있을까
솟구쳐 하늘로 올라 하늘도 운다
그리움의 촉수에 하늘이 운다.

심원(心源)

늘 곁에 있는 사랑이라도 애달픈 것은
마음에서 한순간도 멀어지기 싫은 것이다

그리움이란 끝없는 항해와 같이
눈을 뜨고 있어도 눈을 감고 있어도

그 시작이 어디이고 그 끝이 어디쯤인지
어디까지 가야 할지 알 수가 없다

그리움이란 누가 심어준 것이 아닌
아침이면 스스로 맺힌 이슬방울처럼

새벽에 자연히 피어오른 물안개처럼
어느 순간 살며시 가슴에 찾아든 영혼이다.

고독 위에 핀 꽃

어젯밤 꿈속에 부푼 몽우리
오늘은 내 가슴에
한 송이 꽃이 피었네

말간 불빛 아래
피인 꽃 한 송이
시지(時止)에 환한 웃음 넘쳐흐르니
나는
그 진한 향기에 취하였네

풍기는 화술의 달콤함은
몸을 사르는 환희를 느끼며
나는
그 환한 미소에 취하였네

물씬 풍기는 향기에
깊어가는 가을 고독을 녹이며
나는
시간을 잃어버렸네.

사랑

알 수 없는 영역
무한한 깊이

힘 다해 끝닿을까
그리워 들면

그래도 맴도는 여운
또다시 그리움 일렁인다

다시 닿을까 헤집어도
무한한 깊이

모자라고 모자라
생로 위에 맴도는 것

늘 허허로운 것
그것이 사랑이더라.

진실한 맹세

이글거리는 태양처럼
넘치는 정열
그대에게 바치리

밤하늘에
반짝이는 별이 된 그대를
내 가슴에 담으리

중천(中天)의 낮달처럼
그대를 그리워하며
꿈길을 걷고 있노니

내 삶의 마지막 순간까지
시간의 소중함을 망각하는 무지(無知)를 버리고
불필요한 기억의 지난날들은 모두 지우리

행복의 언덕에 지펴진 사랑의 불꽃이
꺼지지 않기를 갈망하며
어리석은 고뇌는 모두 버리리.

역행(逆行)

동지 바람 스산하니
가을은 쫓기듯 달아나고
마지막 잎새 이별이 서러운 듯
안간힘을 쓰며 비명에 떨고 있다

그리워 바라보는 연정 앞에
저만치 물러서는 애달픔은
여린 가슴 적시며 뜨거운 열정 앗는
식어가는 냉가슴이 시리다

푸른 염원의 갈망 속에
아롱아롱 피어오르던 무지개 꿈은
채 피워내기도 전 깊은 고뇌의 슬픔을 본다

이미 닫혀버린 사랑의 길은
여린 가슴에 정 나자 이별이라
이를 어찌하오리까

그러나 잊자
모두 잊어버리고 말리라
푸른 하늘을 향해 다시 꿈을 먹고
떠오르는 태양을 향해 나는 다시 걷는다.

애상(愛傷)

백약이 무효인 애상(愛傷)
그 아픔을
이 세상 말로는 표현할 수 없다

그저 가슴이 저미어와
생각만도 눈물이 나고
정신도 육신도 가눌 수 없는 것

잊기란 그저
긴 세월 바람을 안고
세속에 묻혀 자연을 따르다
마음이 둥글게 무뎌져서
아픔이 둔화(鈍化)되길 기다려야 하는 것

바람 따라 상처는 아물어가도
흔적(痕迹)은 지울 수 없으며
그 잊어야 할 거리는
애도(愛道)만큼 멀고 깊다.

안개

하얀 그리움을 잉태한
미세한 세포로 하루의 새벽을 연다

긴 새벽을 열어 미래로 가는 길
뿌연 너의 품속을 내달음은 멀기만 한데
언제쯤 저 끝을 지날 수 있을까

낮은 날갯짓으로 새벽을 열며
미래로 가는 길
하도 미세하여 잡히지 않는
하얀 그리움
마음에 보이나 잡을 수 없네

마주하여 헤집어 봐도 맴돌고 마는
잡힐 듯 잡히지 않는
하얀 그리움

긴 새벽을 열어 미래로 가는 길
앞을 거둘 끝이 저기
아련히 밝은 그림자로 비춰오면
그제야 너는 내 가슴속으로 스미어든다.

느낌이 좋은 사람

눈을 떠도, 감아도
마음에 상사화로 피어

별생각 없이도 잠시
가난한 틈이 나면 흔들리는 꽃잎이다

봐도, 못 봐도
가슴 안에서 웃고 있을 땐
맑고 포근하고 아담해서 좋고

가을 아침
석류의 붉은 입속 말간 석류 알처럼
온유하고 해맑은 웃음이 산뜻해서도 좋다

그대는
바람에 나풀대는 봄풀처럼 싱그럽고
언제나 풋풋해서 좋다.

그리움만 쌓이네

별도 달도 잊고 사는데
그리움은 바위처럼 굳어버리고
고독은 쓸쓸히 무르익는다

저만치 세월 속으로 가버린 사랑
못 돌아올 꿈속에 그리며
아직도 가슴에 이는 바람아

이내 찾은 침묵 속으로 덜커덩
꿈속에 그려오니 어찌 잊는다 하리오

고독 위에 서성이는 그리움
별빛으로 창가에 어리어오면
과거 속에 멈추어 간직된
지난날의 밀어가 반짝인다

두고 간 그리움 버리지 못하는
하얀 불면의 밤은 너무 길어
어두운 장벽너머로 차가운 별빛만 흐른다
창밖엔 윙윙 바람만 우는데…

불망(不忘)

시린 달빛
동짓달 그믐
실눈마저 감아버리고
검은 하늘엔
하얀 별빛만 꼬리를 휘감는다

그리운 눈망울 깜빡이며 애원해도
오가지 못하는 저곳은
서러움의 극치다

동지섣달 지나고 새봄에
꽃피고 푸른 세상 열리면
그리움 사라질까

가슴에
까맣게 박혀버린 그리움
어이할꼬.

사랑의 방관

그대가 그리운 날엔
파란 하늘을 본다

허공에 맴도는
그대의 향기
빈 가슴에 가득 주워 담아도
그대는 없다

그리움
자꾸만 커져서 끝끝내
너무 자라 슬픔으로 넘쳐도
그대는 없다

그리움
여기에 이대로
사랑을 놔둔 채로
사랑을 버린 채로…

거짓말

누군가 잊었다고 말을 한다
아주 까마득히 잊었노라고
나는 그 마음을 모르겠다

잊을 걸 잊어야지
입으로 말하면 보이지 않는다고
마음에서 비워지는가

나는 안다
그 말이 새빨간 거짓말임을

잊힌다는 말
잊어버린다는 말
잊었다는 말은 모두 거짓말이다

아프거니 잊기란 그저
저 애달픈 세월의 강을 가슴으로 끌어안고
하늘을 우러르는 수밖에 길이 없더이다.

잊으리

살다 보면
못 잊어 그리운 날 있겠지요
못 잊어 그 이름
죽도록 부르고 싶은 날 있겠지요

멀리 떠난 임
영영 못 올 길 가버린 것을
그 생각에 못 잊어 눈물이 돕니다

그러나 이젠 눈물을 감추려오
훗날 그대 그리워 운다고
발길 돌릴 수 없음을 알았습니다

못 잊어
그리운 날 온다 해도
그래, 이젠 슬퍼하지 않으리오

저만치 아주 멀리 가버린
그대의 발길 너무 무거워
돌릴 수 없음을 이제는 알았습니다.

잔영(殘影)

무의식중에도 영혼 속의 그리움은
홀연히 심원(心源)에 샘솟아 오르며
늘 가슴 언저리를 맴돌아
사로잡힌 마음 설레게 하며
때론 깊은 희열을 느끼게도 한다

그러나 고해오지 않은 이별 앞에
운명 같은 슬픔을 어이 말로 할까
지금, 그 사람도 기억하고 있겠지
통증을 억누르고 뚜벅뚜벅 돌아서며
슬픈 웃음 뒤로 삼켜버린 암흑의 세월을

아직 허공에 걸린 그리움을 나처럼
잘근잘근 가슴으로 애무하며
때론 아파하고 때론 지난날을 회상하며
흘리지 못한 떫은 미소 남몰래 지을 거야

타오르던 정열은 멈춰선 지 오래
해도, 이말 전하고 싶다
사랑했었노라고, 하여 지금도
간간이 눈시울 붉어진다고.

바보 홍당무

생각만도 가슴이 저려
혼자서도 홍당무가 된다

쌓인 심원(心源)은
깊은 계곡을 지나
목구멍까지 차올라도
말 못하고 입술 앙다문다

고개 떨구고
가슴속으로 밀어 넣으면서도
느끼는 희열 그대 아는가

그리워
애절한 기다림을
멀거니 바라보는 바보
바보는 또 홍당무가 된다.

진실을 묻다

사라진 여운 길다
겨울의 끝자락에서 바람 안고 맴돌다가
홀연히 떠나버린 긴 여운은
꽃피고 초록향기 풍겨 와도 허하다

입 닫고, 귀 막고
기억마저 삼켜버린 세월
계절은 말없이 꽃 피고지고 제 푸른데

사랑의 굴레에 채인 통증을
가슴으로 끌어안은 채
원초의 기억마저 영혼에서
지워야 할 절박함이 흐른다

물 흐르듯 속삭이던 귀엣말
모두가 가식이었다니
그건 나를 괴롭히는 박해였다
하면, 정녕 잊자 함이 참이란 말인가.

그리움도 행복이다

달그림자 너머로
아롱지는 그리움

안개 속을 거닐면
투명한 장벽이 진을 치고

또랑또랑한 눈도 날개가 없으니
오랄 수도
갈 수도 없는 저 먼 곳

달이 뜨면 그 속에 머물고
별이 반짝이면 별빛 속에 머문다

만날 수 없는 그리움이
행복인가

태양이 머리 위에 이글거리면
연기 없이 타드는 갈증에 목이 타듯
속은 까맣게 타는데…

허상의 굴레

임 돌아간 그곳
영혼은 애 마르고
별빛은 너무 멀기만 하다

모가지 젖히고 바라보면
아픈 건 슬픈 모가지일 뿐
깜박이는 별은 말이 없네

말코지 없이 걸린 저 별은 누구일까
깜박이며 흐르는 빛이 처량한데
하늘이 검어서야 내리는 별은
허공을 돌아온 내 임이런가

날이 새면 사라지고 마는
어둠 속의 영상은
잡으려 손 저어도 늘 가난하다

그렇게 밤마다 그리움으로 다가와
날이 새면 사라지는 별님도
밤에는 분명 내가 그리운 거지.

그리움이 강바람에 분다

사랑의 발원지
심장을 건너온 그리움이
강바람에 콩닥거린다

너울춤을 추며 일렁이다가
잡힐 듯 아른거리는 무형은
이내 잡지 못하고 또 강바람에 푼다

그것이 사랑이란다
언제고 네가 그립지 않음이 아니고
언제고 널 사랑하지 않음이 아닌데

너는
언제나 와서 심장을 흔들어 놓고
휘돌아가는 뒷모습이 미워라

원성(怨聲)을 업고 가는 바람아
내려놓고 차라리 나를 업어가라
원망하지 않으리니

바람아 내려놓아라
삭이지 못한 그리움이 남아있단다
내려놓고 차라리 나를 데려가 다오.

나무 하늘

다소곳한 듯
바라보기 좋으나
오르기 요원한
저 푸르디푸른
나무 하늘 같은 사람아

그리다가
어깨가 푹 꺼지는 한숨에
말마저 잊게 하는
뽀얀 솜털 같은 그리움을 가득 지닌
나무 하늘 같은 사람아

촛불처럼 타오르는
영혼 속의 꿈틀거림은
힘으로는 막을 수 없는 갈고리로
자꾸만 자꾸만 가슴팍을 파고든다.

고독 위에 핀 꽃
2부

애화(愛花)

연분홍 진달래 곱게 피는 봄은
사랑에 붉게 물들어
작은 가슴의 우주를 태우고

툭 툭
우아하고 고운 목련이 질 때면
검은 눈동자에는 짙은 슬픔이 인다

사랑아!
그러나 낙화도 꽃이었음을
잊지는 말자

그대가 서러니 떠났어도
잊을 수 없는 것은
그 영혼이 아름다운
한 떨기 꽃이었기 때문이다.

스러지는 봄날에

화무(花舞) 흐드러져 고운 날
가슴 울렁이는 사랑아!
봄날이 스러진다고 슬퍼하지 말자

봄이야 가도
다시 삭풍 뒤에 안겨 오리 오만
가면 그만인 것이 우리네 삶이다

가슴 울렁이는 사랑아!
회한 없는 청춘을 불사르자
그래서 훗날의 허무는 남기지 말자

삶에 더 고운사랑 없이 살자
더 작은 애절함도 없이 살자
그리운 날 호젓이 그리운 사랑을 하자.

꿈 보따리

풀지 않아도 알 수 있는 빈 보따리를
또 가슴으로 끌어안고 달린다

삶이 언제나 그러하듯
잠자리에 들면서 아침에 일어날 때
좋은 꿈이 꾸어지길 바라고
오늘은 마음의 빈자리가 채워지길 바란다

별다른 계획도 없이
날마다 들뜨는 마음은
누구나 마음으로 좋은 일이 있길 바람이겠지

세월이 흐른다고
저절로 이루어지는 것은 없지만
새날이 되면 무언가 좋은 일이 있겠지, 드는 것은
우리는 꿈을 먹고 살기 때문이다

막연한 몽상이라 해도 생각을 돋지 못하면
꿈이라는 말은 없었을 것이다
생명을 지키는 본능은 그 바탕이 꿈이며
꿈에서 비롯된 욕망은 무에서 유를 창조해 낸다.

그리운 말 한마디

삶에 가장 힘이 되는 말
"고마워"

삶에 가장 듣고 싶은 말
"사랑해"

고마워,
사랑해라는 말은
죽음 앞에서도 절실하다

서로에게 가슴을 울려주는
그 말 한마디가

그토록 무겁고
그토록 어려운 것은

우리의 삶이
사랑의 원거리에서
사랑을 가슴에 담지 못한
가난하고 가여운 영혼의 문제다.

무언의 사랑

사랑한다는 말
못하는 사람 앞에
그 말 듣고 싶은 나는
당신은 왜
사랑한다는 말을 한 번도 안하는 거야

히죽이 웃으며 하는 말
어떻게 말해
그걸 말로 해야 아나?

말로 해야 아느냐고 되묻는다.

말 안하면 모르지 어떻게 알아
전혀 사랑하는 것 같은 눈치가
안 보이는데 어떻게?

그런데 말을 못 한단다
속도 없는 나는
그 사람 진심이 무언지
아마 말은 못해도
무언의 사랑으로 믿고 싶다.

이별

둘이 하나 되어
하나가 다시 둘로 돌아선다

이상(異想)을 털어버리지 못하고
일상(日常)으로 돌아서던 날
가슴에는 아린 상처 벌어지듯
통증을 베고 누운 밤

찬란히 빛나던 지난날의 광채는
이제 더는 볼 수 없는 거리에서
그 빛은 내게서 이미 졌거니
다시 어두운 지평을 열어 가리라

그대와 마주하던 눈빛도 지고
달콤한 언어로 영혼을 핥던
부드러운 혀의 애무도 그치고
어금니 앙다무는 고독이 감돈다

그래, 이제 슬픔은 추억 속에 묻자
애당초 연약한 인연
거기가 경계였음을 어찌하리.

검은 재

어머니의 가슴속엔
애틋한 사랑이 흐르고

아버지의 술잔 속엔
가슴 깊이 묻혀있는 애수가 찬다

어머니 가슴과
아버지의 가슴으로 연명해온 날들
몽땅 쏟으면

인고의 세월 속으로
녹아든 붉은 심장은
검은 재가 되고도 남으리.

그리움의 꽃

참사랑이 그리운 날
설렘으로 내 앞에 다가와
마음 흔들어 놓고
모르는 체 딴전을 피우십니다

늘 미지의 그림자로
정처 없이 떠도는 무형으로
찬란한 빛이 눈앞을 스쳐 가듯
나의 뇌리를 자꾸만 스쳐 갑니다

봄바람 다가와
꽃 피우고 희망을 주는데
꽃보다도 더 고운 그대는
언제 내 앞에 피어나리오

바라보는 시선이 시리도록 아름다운
꽃보다도 더 고운 지지 않을 꽃이여

오늘을 짊어진 무거움 앞에서도
나를 웃게 하는 수호신이여
그대는 한 떨기 그리움의 꽃입니다.

부모의 희망

공허한 가슴 끌어안은 채
정체된 삶에 가만히 훈풍이 내습하면
그 가슴 어쩌지 못하고
생명 잉태의 길 방황하며 바라보는데

훈풍이 불어오는 날에도
너희는 자꾸만 마음 밖을 서성이는가

아들아!
어여쁜 딸아!
봄날은 저리도 화사한데
생명 잉태의 꿈을 받쳐온 저 산에
고사리 쇠 길 기다리느냐

먼 산에 푸른빛 짙어 오건 만
더 바랄 것이 무엇이더냐
헛된 망상으로 너희 꿈이 소낙비에 젖게는 마라

가는 봄 아쉬운 부모의 꿈을
산화시키지는 마라.

부모 마음

아~
바다!
넓고 깊다

아버지 가슴은 더 넓고
어머니 가슴은 더 깊다
끝도 없다

아~
산!
높고 험타

하늘은 끝없이 높다
자식에 대한 부모의 이상은 더 높다
한이 없다.

어머니는 내 그림자였습니다

어머니의 하늘 같은 사랑을 몰랐습니다
어머니의 그늘 같은 사랑을 몰랐습니다

해와 달이 나를 저만치 데려가고
가슴에 바람이 횡해 올 때
에움길 가지 말고 가온 길로 가라시던
초아 같이 거룩하신 어머니 혜윰에

솟구치는 눈물을 속으로 삼키며 비로소
가슴 한가운데에 바위처럼 굳어버린 아픔을
흐느낌으로, 어루만져 봅니다

작은 가슴으로 흐르던
바다보다도 깊고 하늘보다도 높은 것이
어머니의 울대 같은 사랑이었음을
그 오롯한 사랑을 그때는 몰랐습니다

사시랑이, 늘해랑이 되어서도
내 안다미가 되셨던 어머니의 두멍에 든 사랑을
사랑이라 몰랐음이 아파 웁니다

어머니는 언제나 든해 이셨으며
늘 내 뒤에 서 계신 그림자였습니다
그 안에서 나는 산다라가 되어 걷고 있습니다.

아가야 네가 보화란다

꽃이 예쁘랴
어디
어느 꽃이 저리도 예쁘랴

꽃보다 예쁜 아가야
네가 바로 꽃이란다
꽃보다 예쁜 보화란다.

네가 웃으면
네 얼굴엔 우주가 그려진단다

웃는 네 얼굴을 바라보면
고통도, 절망도, 수심도
모두 사라지고
내 영혼마저도 맑아진단다

아가야
이 세상 어디
어느 꽃이 그리 예쁘랴
밝게 웃는 네가 바로 보화란다.

달 그리움

세상의 그리움들을
작은 가슴으로는 품을 수 없어
창 너머 비치는 달 속에 묻어두고
마음이 공허할 때 가슴으로 본다

달이 차오르면 기뻐하고
달이 기울면 따라 기울어도
지워지지 않을 것들 어둠 속에 묻는다

하늘 높은 곳에서
만 가지 그리움을 품은 달은
억만년을 변함없는데
우리는 아직도 저곳을 알 수 없이
그리워만 한다

오늘 밤도 그리움을 안고
고요히 달빛 속으로 젖어 든다.

홍도화(紅桃花)

네 얼굴 그리
붉어서 샘난다

누구를 짝사랑하며
그립다 말 못하고
수줍어 얼굴 온통 붉은 거니

네 얼굴
어디부터 바라봐야 할지
두근거리는 가슴
널 못다 보고
질까 두렵다

너는 또
지고 말겠지
눈물로 초록을 피워내면서

안타깝다
누구
이 봄을 잡을 수는 없는가.

사랑의 인지

불꽃 같은 가슴으로
굽이치는 세월을 따라 거닐며
지나는 길목을 작은 눈으로 바라보면
모두가 사랑인 것을

하루의 삶이 급급해서
고개 들면 보이는 하늘마저도
마음대로 바라보지 못하고 살아온 날들이었지

눈멀고 마음도 멀어
사랑도 몰랐던 암울함 속에서
황풍(荒風)에 허덕이며 지나온
환란(患亂)의 검은 날들 틈에 끼인
환영(幻影)의 아련한 조각들
아마도 그 모두가 사랑이었던 것을

되돌아 이젠 보드랍게 마음을 열자
보드랍고 포근한 마음으로
바라보는 곳마다 사랑이 흐르는
밝고 아름다운 세상을 열어 가자.

기다림의 날

너무 길어
기린 목이 될지라도
기다려야 한다면 기다리겠습니다

해가 지고 또
해가 질지라도
기다리며 또 밤을 보내야 한다면
그러겠습니다

그렇게 밤을 보내고 또
긴긴날을 보내야 할지라도
더 기다려야 한다면 기다리겠습니다

가슴팍
분홍 그리움에 사로잡혀
오월의 그윽한 향기에 취한 벌처럼
날아갈 수가 없으오

그리움이 영혼으로 번져
온몸에 열꽃으로 핀 날들
기다림에 그대 오고야 말 것은
무언의 약속이겠지요.

제목 : 기다림의 날
시낭송 : 최명자
스마트폰으로 QR 코드를 스캔하면
시낭송을 감상할 수 있습니다.

무언의 꽃

때가 되면 말없이 피는 꽃
아직은 차가운 봄비를 맞고 서서도
하얀 이 드러내고 방실거리니
너를 사랑하지 않을 수 없다

바람이 불면 부는 대로
흔들리면서도 웃는 웃음 속에는
송이마다 배인 사랑이 가득하다

꽃보다도 고운 그대
그립다고 말을 해도 웃음뿐
줄기는 꼿꼿하기만 하다

피어서 언제나 웃는 꽃
고와서 바라보다 슬픈 시선이 멎은 곳
은은함 속의 또렷한 그리움이다

마음에 닿은 듯해도 늘 멀게만 바라보는 꽃
무언의 기다림에 그리웠노라
한마디 말이 그립지만
오늘도 서산에 해는 지고 만다.

고독 속의 향기

실체가 없어 볼 수 없는
영혼도 육신도 가눌 수 없는
끈에 매이고 말았습니다

늘 마음 다잡으려 발버둥 쳐도
영혼이 송두리째 헛것에 매인 양
꼼짝할 수가 없습니다

거미줄보다도 더 끈적한 그리움에
마음을 사로잡히고 말았습니다

까만 밤에 하얀 눈이 내리던 길을
하얗게, 하얗게 은물결처럼 속삭이며 걷던
그대의 맑은 웃음소리를 잊을 수 없습니다

말간 불빛 아래
바위처럼 굳어버린 고독을
솜사탕처럼 녹여주던 환한 미소와
꽃보다도 향긋하던 향기를 잊을 수 없습니다

그대는 내 안의 지지 않을 꽃이 되어
나만의 볼모로 피어 있습니다.

너는 그리움이다

마음 간질이더니 어느 날
고목의 껍질에 빗물이 젖어들 듯
아닌 바람을 타고 바람처럼
살며시 들어와 앉은자리
심장에 파란 싹이 돋았다

간밤에
비 맞은 봄풀처럼
쑥 자라난 너
가슴안의 창을 활짝 열어놔도
날개 접힌 나비인 듯 미동(微動)도 없다

너에 휘어 감긴 내 영혼을
놓아줄 줄 모르는 속박(束縛)의 힘
헤어나려 발버둥 치면 더욱 부둥킨다

성도 이름도 묻지 않았다
고향이 어디냐 물을 수도 없었다
어디를 떠돌아온 길손이라 말하지 않아도 좋았다
그래, 그냥 그리움이라 했다
너는 그냥 그리움이다.

제목 : 너는 그리움이다
시낭송 : 김지원

스마트폰으로 QR 코드를 스캔하면
시낭송을 감상할 수 있습니다.

가슴에 핀 꽃

가슴에 꽃이 피었다
가슴을 열면 그 안에 꽃물이 들었다
아직 보지 못한 꽃
아니, 어느 꽃이 저리 고울까

그대는 아름다운 꽃
곁에 없어도 그리운 마음이 들 때면
수줍은 듯 고개 숙인 보라색 제비꽃으로
작은 바람에도 내 안에서 일렁인다

어디에서 보았나
하늘 아래 저리 예쁜 꽃

수줍은 듯 분홍빛 두 꽃잎 사이로
하얀 이 드러내고 웃을 때는
용광로가 아닌 그대의 작은 가슴에서
다소곳한 온유함이 나에게 스미어
바위처럼 굳어버린 내 가슴이 녹아내린다

돌고 돌아 헤매어 맞닿은 길
정녕 그대는 나의 꿈이요
한 떨기 푸른 희망입니다.

사랑의 옹달샘

심원(心源)의 목마름에
산기슭 따라 졸졸 흐르는 물줄기로
시원스레 내 마음을 축이고 싶은 사람
당신입니다

더위를 등지고 오르는 산길
능선을 넘어와
이마의 땀방울을 식혀줄 바람 같은 이
당신입니다

길을 걷다가
외로움에 돌아봤을 때
꽃처럼 환하게 웃으며
어느새 내 안에 들어와 있는 이
당신입니다

늘 부족함뿐이지만 투정하지 않고
예쁜 마음으로 이해해주며
사랑을 가득 담은 눈빛으로 바라봐주는
당신은 나의 행복입니다.

침묵하는 이유

내가
여타 저 타
말하지 않는 것은
할 말이 없어서가 아니고

내가
동그란 눈으로
못 본 체하는 것은
보지 못해서가 아니고

내가
늘어진 두 귀로
못들은 체 하는 것은
듣지 못해서가 아니고

다만
스스로
감정을 삭이며
내뱉는 잔소리가 싫을 뿐이다.

세월은 모를 거다

무정한 세월아!
초원 위를 달리는 저 태양은
내게 아직 가슴 벅찬 희망으로
내리쬐고 있음을 너는 모를 거다

야속한 세월아!
멀지 아니, 남은 길 위에서
욕망 못 이룬 가슴의 서글픔을
달래줄 줄 모르나

한 많은 세상
내림 길 허둥대는
나그네의 총총걸음을 어이할거나

바람아 멈추어라
구름아 자고나 가자

서산마루에 해 눕고
검은 하늘에 둥근 달 차오르는데
속사랑 붉어서 아직 시리도록 고운
석류의 붉은 속을 너는 모를 거다.

고독 위에 핀 꽃
3부

나는 알았네

눈 쌓인 산봉우리에
꽃이 필 거라고

얼어붙은 개울가에
봄이 올 거라고
누가 새벽을 깨웠나

꿈을 꾸면
이루어질 거라고

오늘이 가면
새날이 올 거라고
나는 알았네

하루를
아무것도 모르고 살아도
어두운 밤이
매일 같이 찾아와도

아침이면 해 나고
저녁이면 달뜨니
그냥 따라 살라 하네.

진리는 자연이다

위에서 아래로 흐르는 물은
진리를 일깨워준다

산 넘으면 강 흐르고
강 건너면 산 서 있듯

기쁨 뒤엔 기쁨만 오지 않으며
슬픔 뒤엔 슬픔만 오지 않는 것

기뻐 언제까지
웃고 있을 수 없으며
슬퍼 언제까지
눈물을 흘릴 수만은 없다

오르면 내려가야 하고
바닥에 닿으면 다시
올라야 하는 것은 정한 이치

지난 시간을 되돌릴 수 없듯이
바람개비가 바람을 쫓듯이
진리를 거스를 수는 없다.

길

생각을 딛고 마음을 다스리면
도전의 두려움이 실종되고
넓은 세상을 바라볼 수 있다

겸손과 도리를 지키면
남의 호감을 사게 되며
약속을 실천하는 사람은 신용이 뒤따른다

자신을 딛고 서서 자만을 버리고
시간을 정복해 나아가면
작은 손으로도 세상을 쥘 기회가 올 것이다

시간을 정복한다는 것은
주어진 시간에 맞추어 사는 것이 아닌

흘러가는 시간을 놓치지 않고
아직 오지 않은 시간을 만들어 내는 것이다.

노정(路程)

꿈은 암흑 속에서 피어나고
진실은 순수함 위에 돋는다

필연은 절실함 위에 흐느끼고
나태는 소심함 위에 구른다

역경은 넘어야 하는 산이며
불행은 건너야 하는 강이며
누구도 비켜갈 수 없는 보루(堡壘)다

높은 곳에 오르면
까마득한 낭떠러지를
외롭게 되짚어 내려가야 하지만
낮은 곳에 있으면
다시 솟아오를 길 뿐인 것을

희망과 절망은 늘 곁에서
우리에게 선택권을 부여하지만
그것을 부여받고도 방황하는 것은
어리석음에서 깨어나지 못함이다.

제목 : 노정(路程)
시낭송 : 김지원
스마트폰으로 QR 코드를 스캔하면
시낭송을 감상할 수 있습니다.

끝과 시작은 마음에 있다

끝과 시작은 하나로
단순한 원 위에 있으며
하나인 원은 모든 것을 포함한다

내가 걸어온 길이 어디일지라도
언제나 내 가까이에 있으며
내가 걸어갈 길도 내 마음속에 있는 것을

돌아보면 알 수 있지만
모두는 자만에 빠진 채
모른 척 회한을 쌓는다

생각은 있으나
그것을 자아가 묵인하면
그는 패배의 길을 걷게 된다

끝과 시작은 분명
원 위에 맞닿아 있지만
어느 쪽을 잡느냐는 오직 자아의 몫이다.

도전의 인생

바람 앞의 등불 같은 인생
늘 무언가에 쫓기다
늘 무언가를 쫓으며
바쁘게 종종대는 헐떡임이다

허공에 매달린 곡예사 같은 인생
늘 무언가에 쫓기지 않으면
한걸음도 나아가지 못하며
늘 무언가를 쫓지 않으면
아무것도 이룰 수 없는 빈껍데기다

하지 못했던 것을 할 수 있다고 믿으며
새로운 것을 이루어가는 창조주가 되어
승리의 기쁨을 거두어 나가는 것이다

인간의 사고와 능력은 무한하다
빈손으로 태어나 욕망 하나로
꿈을 품고 세상을 개척해 가는 것이다

꿈을 이루고 못 이룸은 오직
자신의 투지에서 비롯된다.

밤은 아름답다

찬란한 기억들이
붉은 노을을 베고 누워
어둠 속으로 하루가 스미면
고요는 새로운 잉태의 보금자리가 된다

어둠이 깔린 자리에
자로(自勞)에 지친 태양을 쉬게 하며
개미보다 더 역사한 심신을 쉬게 하며
어둠을 덮어 모든 상념을 쉬게 한다

생명체의 영혼을 쉬게 하여
내일의 에너지를 쌓게 하며
지혜의 창성함을 갖게 하여
꿈을 펼칠 반석이 되어주니
한없이 감사해야 할 일이다

그 무엇도
어둠을 거역할 수 없는 순응에
밤은 세상의 모든 생명을 포용(抱容)하는
아름답고 위대한 공간이다.

현재는 없다

우리는 지금
현재 위에서 미래를 달리고 있다

숨 쉴 틈도 없는 공간은
현재가 아닌 미래의 터전에서
우리는 천천히 돌아가도 될 미래를 앞당겨서
모두가 잠을 설치고 발버둥 치며
불용(不用)의 광보(狂步)를 하고 있다

무엇이 급하다 흐르는 시간을 초월하여
함께 가야 할 길을 함께 가지 못하고
길 밖에서 낙오된 자들의 비명만 들리는
현재 속의 미래로 빨려들고 있는가

모든 것의 가치를 보전하며 차근차근
현재를 함께 걸어가야 할 일임에도
천천히 사고해야 할 현재는 사라지고

현재를 초월한 미래 위에서 달음질치며
소중한 시간을 다 못 쓰고 허비하는 어리석음 위에서
서로를 할퀴고 뜯고 쫓고 쫓기는
조산아 같은 현재의 미래가 너무 슬프다.

하얀 마음으로 살고 싶다

새벽을 질주하는 차창 밖의 어둠에
하얀 차가움이 달라붙었다

일출 전의 어둠이 검게 드리워지고
마음을 짓누르던 하늘은 하얀 눈을
사뿐사뿐 소리 없이 내리고 있다

하늘은 검어도 가슴에
하얀 기쁨을 가득 품었나 보다
넓은 가슴에 하얀 순수함을 포용하여
저렇게 하얀 눈을 내리게 하나보다

내 안에도 저리
하얀 마음을 하나 가득 쌓고 싶다
모두가 진정으로 그런 마음이길 바라면서
그렇게 하얗고 깨끗하게 살고 싶다

세상 사람들 모두에게
진실이 전이되어 어둠이 사라지고
기쁨과 사랑이 넘쳐흐르는 세상
밝고 포근한 마음이 흐르면 좋겠다.

제목 : 하얀 마음으로 살고 싶다
시낭송 : 조한직

스마트폰으로 QR 코드를 스캔하면
시낭송을 감상할 수 있습니다.

마음은 옥토이고 싶다

넘치는 활기는 새싹 같고
메마르지 않은 촉촉한 부드러움으로
빛이 들고 통풍이 잘 되는 개활지 같이

사는 동안
마음 밭에 웃음꽃이 환해서
곁을 지나는 이마다
잔잔한 행복이 흐르는 옥토가 되고 싶다

행복은
물질적 가치보다 마음에서 오는 것이기에
팍팍한 물질 앞에서도
기쁜 마음으로 여유로운 생각을 가져야 한다

행복은 늘
남의 것인 양 부러워하지만
내가 만들어 가는 것이다

이웃과 함께하는 겸손한 마음으로
부족함 속에서도 인정을 베푸는
행복은 여유로운 마음에 머무는 것이다.

자연에 겸손히 대비하자

우리는 늘 최고로 양양하다
어제의 안녕을 믿으며
오늘도 안녕이라 믿는다

삶은 순간순간 변해가지만
우리는 늘 어제를 믿으며 오늘을 쫓을 뿐이다

자연은 참으로 위대하지만
때로는 말없는 폭군이 되어 삶을 침몰시키고
무정하게 돌아서 버리는 묵묵한 도도함을
우리는 늘 잊고 산다

언제나 우리의 이상을 뛰어넘는 힘 앞에
침몰당한 날
그제야 자연 앞에 숙연해지며 미워하고 원망한다

자연은 우리의 스승이다
말 없는 가르침으로 채찍질을 하지만
어리석은 인간은 늘 그 뜻을 따르지 못하고
화를 당한 뒤 원망하며 하소연한다.

강물처럼 살자

강물은 말이 없다
흐름이 멈춘 것이 아니라
흐름 속에 제 나이를 묻는 것이다

끊임없는 주름살로 제 속을 감추고
아름다운 율동으로 풍파를 묻어가며
그렇게 억만년을 흘러와서 흘러가는 것이다

인생이 저랬으면 좋겠다
사람들은 왜 모르고
저처럼 고요하지 못하고 온유하지도 못하며
자연을 부정하고 탐욕 할까

광분하는 헐떡임으로
100년 세월을 무상케 서둘지 말자

서두름 뒤에 다가오는 것은 죽음뿐
저 강물처럼 유유히 세월을 벗 삼아
한 방울 더하고 한 방울 마르는 그 날까지
말없이 흘러가듯
유유히 흐르는 대로 살자.

침묵의 언어

말은 표현이다
하는 말을 듣고
상대의 의도와 표정을 읽는 것이다

또한 상대의 반응에 따라
내가 해야 할 말을
해야 하는 것이 말의 기술이다

상대를 아랑곳하지 않고
아무 말이나 하는 것은
상대에 대한 무시와 모독이다
한 번쯤 생각하라

침묵도 언어다
말이 없으면 침묵을 지켜라
상대의 표정을 살피는 침묵은 고도의 언어다

잘게 하는 말은 남을 피곤하게 하며
때로는 자존심을 건드린다
침묵으로 대신하는 말은
상대가 민망하지 않게 하라.

생사의 무게

산다는 것은 분명 죽음보다 쉬운 일
잠시 견디기 힘들다 하여
공포의 사도(死道)를 바라보았던가

생로(生路)의 밝은 환희를 떠올려보아라
반드시 솟아날 구멍은 있다

우리에게는 삶의 가치를 찾아
끊임없이 노력해야 할 숙명이 있으며
숙명을 못 이룰지라도
가치를 향하여 찾아 나서야 한다

생각해보면 산다는 것은
결코 만만한 대상이 아니며
황야의 무법자가 되어 거친 가시밭길을
맨발로 헤쳐 나가야 하는 미로이다

삶과 죽음의 중심축을
칼날 위에 올려놓는다 해도
어느 쪽이 올라가고 내려갈지 알 수는 없다.
다만 마음의 문제이다.

나 돌아갈 곳

나 돌아갈 곳
밤마다 별을 그린다

그곳에 가면
멋진 지구를 바라보면서
또한 그리워하리라

그곳에 가면 동네별들과
도란도란 얘기도 나누고
더불어 반짝이면서 부는 바람을 타고
또 다른 세상의 여행을 꿈꿀 수 있겠지

나 돌아갈 곳
밤마다 별이 반짝인다

그곳에 가면 이승의 그리움이
무지개 빛깔로 서려오겠지만
그곳은 돌아가야 할 곳

나는 밤마다
가슴에 별을 안고 꿈속에 든다.

세월이 가네

저기
세월이
말없이 가네

투명한 바람으로
따라오라며
깜빡깜빡 앞서가네

쇠똥구리가
거꾸로 쇠똥을 굴려 가듯

우주를 품은 검은 세월이
땅바닥을 굴러서 가네

투명한 바람으로
따라오라며 앞서가네.

세월은 몹쓸 친구

인생은 바람을 타고
세월 위를 달리는 달구지

가는 길에
기쁨을 싣고
슬픔도 싣고
삐걱거리며 달리는 달구지

세월은
그 어떤 고난도
아픔도 옅게 하며
우리의 고단한 영혼을 달래주는
망각의 보배

그러나 세월은
인생을 하루씩 소멸시키는 불청객
한시도 곁에서 떨어지지 않고
언젠가 우리를 데리고 갈
뗄 수 없는 몹쓸 친구

세월은 도둑

동심의 영혼도
앳되고 고운 얼굴도
윤나던 검은 머릿결도
세월은 모두 가져가고

내 단단한 육신도 올곧은 정신도
세월은 모두 훔쳐갔습니다

마음은 그대로인데 애꿎은 세월은
내 모두를 도적질해가고 말았습니다

몹쓸 세월
그 넓은 우주공간에 한 번만이라도
돌부리에 채여서 멈춰 섰더라면
지나간 청춘이 이리도 애달프지 않을 것을

막을 수 없는 그길 위에서
세월은 애꿎게 청춘을 몽땅
도적질해가고 말았습니다.

그런대로 살자

잊히면 잊히는 대로
아무것도 생각 말자
비워가며 사는 것이 인생이다

그리우면 그리운 대로
외로우면 외로운 대로
하늘을 벗 삼아 별빛을 우러러 살자
삶은 그런 것을 속 태우지 마라

사는 동안
점점이 새겨진 그리움을
어찌 다 담고 가려 하는가

세월을 두드려 봐도 소용없느니
잊히면 잊히는 대로
하얗게 비우고 살자

그리우면 그리운 대로 파랗게 그리워하며
외로우면 외로운 대로
고독을 벗 삼아 노을빛 우러러 살자
그런대로 사는 것이 인생이다.

일고(一顧)

말없이 지는 붉은 태양 뒤로
석양의 노을빛이 고운 것은
하루의 열정이 뜨거웠음이며

밤하늘 달빛이 더욱 찬란한 것은
먹구름에 덮였던 하루의 어둠이
더 깊었었다는 반증이다

고달팠던 삶이 더 애틋하고
애통한 자의 눈물이 더 서러운 것은
그 눈물의 짠맛을 느끼기 때문이며

삶에 기쁨만을 맛보았다면
처절한 슬픔과 고통의 눈물을
어찌 헤아릴 수 있으랴

삶에 늘 기쁨만 존재한다면
얼마나 좋을까 마는
삶은 호락호락하지 않음을 어찌하랴.

운명의 꽃

인생은 늘 무언가를 그리워하며
기다리는 고독한 존재다

아름다운 꽃을 피우기 위해
흐르는 고독을 강물처럼 감내해낸
진한 사랑을 아는가

삶이란, 고독 위에서
그리움과 기다림과 설렘을 두고
한 가닥 한 가닥씩
엉킨 실타래를 풀어내며 엮어가는 것이다

인생은 고독하다
고독은 숙명이며
고독을 이겨내야 하는 것은 사명이다

사명의 길은 누구도 거들 수 없는
오직 혼자만의 지혜로 더듬어가야 한다

고독을 사명으로 깨뜨리며
그 위에 환희의 씨앗을 뿌리고
아름다운 꽃을 피워내야 하는 것은 운명이다.

허수아비

거짓으로
위장하고 서 있어도
믿지가 않다

남루한 옷차림새도
추해 보이지 않는다

이웃집 아저씨같이
밤낮 서 있으면서 눕지 않으니
눈을 떴는지 감았는지 알 수가 없다

참새들이
머리 위를 날며 조롱한다

그 몰골
어릴 적부터 보아왔는데
나보다도 더 오래 역사한 참새가 모를까.

노목

먹구름 흰 구름 넘나드는
수백 년 세월 고개

인간이 지켜내지 못한
그 어둡고 긴 세월의 터널 속을
노목은 오늘도 길목에 서서
세풍에 당당히
세월을 응시하고 있구나

한목숨 걸어 이 땅을 지켜낸
시대의 영웅들 쓸쓸히 떠난 자리
오늘도 굳건히 홀로 지키며

긴 세월 동안 어두운 그림자가
허공을 칭칭 휘감아왔어도
끄떡없는 역사의 파수꾼 앞에는
세월도 비켜갔구나.

고독 위에 핀 꽃
4부

아름다운 반려(伴侶)

인간의 본능은 욕망이며
욕망 없는 삶은 죽음이다

붉은 심장을 갖고도
욕망을 품지 못함은
주관 없는 삶의 허비이며
계획성 없는 무능함이다

종의 세상은
삶의 일각뿐이며
횡을 볼 줄 아는 눈을 갖자

아름다운 반려는
삶의 원동력이며
그 인연을 게을리 하는 것은
생명의 진중함을 잃은
가장 큰 어리석음이다

근본인 본능을 저버리면
미래를 열 수 없는 죽음이다.

생명은 사랑이다

연초록 잎
맑고 고귀한 숨결은
부드러운 아기 손

작고 여린 손으로 허공을 뻗쳐오름은
자연의 오묘함이 저 허공에도 흘러
떠도는 영혼의 그리움을 잡고자 함이다

죽은 듯 고요하던 산천에
솟아오르는 숨결은 무엇의 부름이던가

저토록 생명이 고귀하고 존엄한 것을 알면
생명의 가치가 힘든 삶이라고 해서
무시당해야 하는 것이 아니다

돌아 삶이 메마를 때 서로
가슴에 사랑을 심어 물질하자

삶에 사랑이 스며들게 하여
생명의 존귀함을 일깨우고
그 사명은 오로지 우리가 져야 함을 알자.

하나보다 둘이 좋아

하나보다
둘이 좋아

둘은
하나가 좋아

하나 된 사랑에는
지혜와 용기가 솟는다

혼자라면
참아낼 수 없는 것도
무한한 인내와 희망으로
다시 돌아볼 기회를 준다

적당한 무게에는
생각할 수 있는 여유와 힘이 있다

너무 홀가분한 삶보다는
외롭지 않을 무게를 지고 사는 것이
정신을 건강하게 한다.

길모퉁이

새벽을 열어 제치며
어둠을 호롱불로 맞이하던 곳
언제나 처음을 열어
늘 마지막을 지켜주는 보루였다

나서는 손을 배웅하며
드는 발길을 호롱불로 마중하던 곳
정을 떠나보내고
정을 맞이하던 길목
돌아설 땐 못내 아쉬워
발길 머뭇거리던 곳

임 떠나고
임 돌아들던 곳
수많은 애증이 허공에 걸려서
발끝에 촉촉한 눈물이 고이던 곳

기억을 망각한 채 오늘은
노을을 등지고 서성이던 모퉁이를
자동차로 무디게 돌아간다.

사랑은 그리움을 살라 먹고 핀다

인간은 그리움을 살라먹는 존재다
사랑을 꿈꾸며 노닐다
애달픈 가슴 쥐어뜯으며
피눈물을 쏟기도 하지만
그리움은 품어야 하는 사랑의 어머니다

그리움이 없는 것은 죽음이며
그 안에는 사랑도 없다

그리움이 안개처럼 밀려오는
본능의 종점은 사랑이며
그것은 생명을 이어주는 탯줄이 된다

비를 품은 바람이 영혼을 깨우고
언제는 목마름에 다가와
간지러운 목젖을 축여주는 것도 사랑이다

인간은
그리움을 살라먹는 나약한 존재지만
사랑이 흐르는 곳에서는
무엇보다도 강인한 존재가 된다.

삶은 예술이다

하얗고, 까맣게 가버린 날들
우리는 현재 위에서 미래를 더듬으며
영혼으로 오늘을 소화해낸다

지나가 버린 것은 언제나 허무하다
하지만 오늘이 지나가지 않고는 내일이 없다

가슴을 다 열지 못하고 살아온 날이
돌이킬 수 없는 과거로
지금도 기억 속에서 머물고 있음을 비울 수가 없다

역사는 그렇게 지나가고 난 자리에
남게 되는 아쉬운 잔재의 산물이며
누군가의 작은 손끝으로 이루어지는 예술이다

깊은 사고와 고뇌로 일구고 이어온 삶의 줄기는
반복되어온 호흡의 순간들이 과거 속으로 스민
갖가지 미련의 알갱이들이 쌓여서 채워진 것이다

과거는 단절된 것이 아니라
지금도 우리가 뒤를 이어가는 중이며
삶은 그렇게 흐르는 시간 위에서
오늘을 소화해 나가는 것이다.

눈물의 언어

기쁠 때 흐르는 눈물은
진한 감동 앞에 흐르는 언어입니다

슬플 때 흐르는 눈물은
말 못할 슬픔이 바다보다도 더 깊을 때
가슴으로 흐르는 언어입니다

말을 하지 못하는 아기는
제 뜻을 통곡(慟哭)으로 전하지만
그 눈물은 참되고 순수한 언어입니다

눈물은
어떠한 말이나 행동으로도
전하지 못하고 애절할 때
가슴으로 흐르는 언어입니다

그윽하고 깊은 눈에서 흐르는
맑은 눈물은 참된 언어입니다
눈물보다 더 진한 언어는 없으며
눈물은 순수한 가슴으로 흐르는 언어입니다.

돌아앉은 비명(悲名)

이별은 하나 된 둘이
둘로 돌아서는 비명(悲名)

함께하던 육신과 정신이
멀어지는 비명(悲鳴)소리

직시(直視)하여
시비(是非)를 이해하자

이별의 방관과 조장
그것의 망각과 실종은 어디인가
집안, 동네, 나라꼴이 아니다

혼란한 이별은
행복을 몰아내는 절망과 혼돈 뿐
뒤에 올바른 희망의 싹을
키워갈 짐을 지울 수 있을까

직시하여 상호(相互)
시비(是非)를 이해하자
되돌아 인내의 길을 함께 걷자.

삶의 무게

삶의 무게는 가늠할 수 없지만
누구의 어깨 위에나 올라앉습니다

삶의 무게는 나만 허둥대며
내 어깨만 부서지게 무거운 것은 아닙니다

삶의 무게는 누구도 피할 수 없으며
호락호락하지 않고 거만하게
우리의 어깨를 짓누릅니다

야속하게도 일찍 들어선 길은
고난의 구렁에서 살아낸
죽음과 바꾼 빛나는 보고입니다

깊은 살얼음판 밑의 수심에 떨며
드는 칼 위에 앞만 보고 고나 서서
두려워 발버둥 치지 못하고
살아낸 순간이 번뜩입니다

그렇기에 삶은 벅차도 거룩하며
가장 보람 있고 소중한 것입니다.

물결과 바닷가

넘실대는 푸른 물결은 두려움이다
쉼 없는 몸부림으로 일렁이며
언제는 곱게 밀려와 사랑을 주고
언제는 야멸치게 밀려와 철석이며
넋을 후리는 아픔을 준다

부드러운 듯 밀려와 넘실거림은
때로는 거친 물보라가 되어 갑자기 미워져도
또다시 눈물로 보듬어야 하는 너는
애달픈 우리 엄마 가슴이구나

부딪쳐서 하얗게 부서져 맴돌아
처음으로 돌아가는 모습 바라보는 안타까움은
부뚜막의 가마솥 뜨거운 눈물을 바라보는
애달픈 우리 엄마 가슴이구나

끊임없는 몸부림으로 밀려와 흐느끼며
내 안에 하얗게 부서지고 마는 너는
미워도 언제나 사랑할 수밖에 없는
애처롭기 그지없는 물결인 것을…

흔들림에 생명이 있다

바람이 향기롭다
동계(冬季)를 보내고 새 꿈을 단장해
나를 부르고 동면에 취한 나무를 깨우고
투박한 거죽을 벗으라 한다

흔들림, 저 흔들리는 것에는
무한한 생명력이 잠재해있어 좋다
멈춘 것에는 희망이 없으며
한없는 율동만이 꿈을 품는다

나는 바람이 좋다
한없는 흔들림이 좋다
봄바람은 영혼을 흔들어 깨우며
파란 생명력을 불어넣는다

세상의 어둠을 깨우며
가쁜 숨소리로 사랑을 품고 와
생명을 잉태시키고
봉오리마다 아름다운 세상을 열어준다

봄, 그곳에는 바람이 분다
흔들림이 있어 나는 좋다.

제목 : 흔들림에 생명이 있다
시낭송 : 박영애
스마트폰으로 QR 코드를 스캔하면
시낭송을 감상할 수 있습니다.

미련을 남기지 말자

긴 어둠을 살라 먹은 태양은
이내 새벽으로 달려와
아침으로 향한 하얀 빛살을 뿌린다

산등성이에 홀로 돋아나
바람에 흔들리는 여린 잎 위에도
파랗게 초록이 짙어가는 들판에도
눈 부신 햇살은 새로운 잉태를 재촉한다

몸뚱이 부풀려 기지개 켜며
어제의 고단함을 털어내고 다시
도마 위에 올려진 영혼을
오늘의 칼이 내려지기 전 활활 살라내야 한다

육신은 사라지며
영원한 육신은 없는 것
그 모두가 보존되지 않음은
영혼도 육신도 아낌없이 살라서
한 점 미련도 두지 말라 함이다.

삶은 피고 지는 꽃이다

때에 꽃 피고지고
다 제 맘인 것을 애처로움이라

삶이란
바람 부는 대로 나부끼며
바람 부는 대로 일렁이는 강물을
가슴으로 끌어안고 함께 흐르는 것

꽃의 화사함만 보다
지는 꽃이 애처롭다, 하지만
백 년 인생 애달프기야 꽃이라 할까

피었다 지는 것은 다 애달픈 것
곱던 영혼 퇴색되는 것은 모른 채
꽃 피고 지는 것만 애달프단다

삶이 더 애달픈 것을
내 발톱 곪아 빠지는 것은 아무도 모르더라
고달픈 삶이 더욱 혹독했던 것은
지독한 외로움을 버텨내는 것이었다.

길은 마음에 있다

길은 멀고 인생은 가깝고
걷는 길은 달라도 가는 곳은 같다

언제나 봄날을 걷는 이가 있고
언제나 육신으로 마음을 짊어진 채
무게에 주저앉는 이가 있다

모든 것은 마음에서 오며
자신을 이기고 지는 마음에 따라
길이 갈리는 것이다

긍정의 사고로 바라보면
희망이 꿈틀거리고
부정의 사고로 바라보면
한이 쌓이게 된다.

모든 것은 자신의 것이며
긍정의 사고를 자아내어
그것을 습관으로 길러야 한다.

젊어서 생각하자

젊어서는 그리움이 크고
늙어서는 외로움이 크다

젊어서 그리움이 크다는 것은
세상을 여유롭게 살아왔음이고
늙어서 외로움이 짙다는 것은
세상을 고집스럽게 살아왔음이다

삶을 이루어가는 것은
고난 속에서도 날마다 해 솟듯
비바람 불고 눈보라 치는 속을
끊임없이 자신이 지어가는 것이다

늙어서 외롭지 않으려거든
젊어서 쓸데없는 고집을 부리지 말고
어디에서든 밝은 사고로 이웃과 벗하며
마음을 활짝 열어 베풀어야 한다

고집을 꺾고 가족과 친해져야 한다
동행자와도 그렇고 자녀들과도 그렇다
젊은 날의 아집을 버리지 못 하면
훗날 누구도 외로움에서 벗어나지 못한다.

희망을 품자

아니야, 눈물을 보이지 말자
먼 산에 푸른 잎 붉어 와도 가슴에 환희를 채우자
세상일 슬프다, 어찌 기쁨 없으랴
푸른 잎 단풍 져서 곱게 웃고 있는 것을

가는 길 멀다 해도 발아래인 걸
삶에 어찌 기쁨뿐이런가. 슬퍼도 웃자
푸른 잎 질 것을 알아도 춤추며 웃고 있지 않던가
부정 뒤의 슬픔을 지우고 긍정을 품자

낙엽이 슬퍼도, 앙상한 나목 한풍에 떨어도
영혼은 식지 않고 꿈을 꾼다
저 멀리, 아직 멀기만 한 봄을 기다리며
한 떨기 차가운 바람 앞에 서 있는 것이다

애절한 기다림
봄볕이 실눈을 뜰 때 찰나의 오차도 없이 터지는
환희의 순간은 오직 사랑이다

우리 앞에 슬픔은 없다
다만 우리가 슬퍼하고 있을 뿐
슬픔은 슬픔을 낳고 부정을 낳는다
슬픔을 버리고 높은 이상을 향하여 힘차게 솟구치자.

모두가 사랑이다

삶을 엮어가는 것은 사랑이다
눈에 보이는 것마다 사랑이며
인생의 길목 어디에 사랑 아니던가

세파에 부딪히는 흔들림에도
넘어져 다시 일어서는 삶의 고통 위에도
굽이쳐 흐르는 강물 소리도 모두 사랑이다

화려한 봄날의 꽃내음도
무더운 여름날의 짙푸름도
가을 들판에 넘실대는 황금 물결도
추운 겨울날 곱게 내리는 하얀 눈도
모두가 사랑이다

하늘에 떠가는 흰 구름과
바람에 나풀대는 풀잎 하나도 사랑이며
세상을 밝게 비추는 태양도,
밤하늘에 떠 있는 별도 달도 사랑이다

삶에 사랑 아닌 것 있다던가
하물며 사람이 사람을 사랑하는 것
그보다 더 큰 사랑 또 있으랴.

흔들리면 희망이다

억새밭에 하얀 천사가
너울너울 어깨춤을 춘다

빗겨 넘긴 백발 가지런히
쓰러질 듯 흔들리면서
제자리로 돌아서는 모습이 너무 순수하다

삶이란 그런 것이다
혼자서는 살 수 없으며
서로 기대서서 흔들리며
함께 버티어 내야 하는 것

고목은 흔들리지 않으며
흔들리는 것은 살아 있는 꿈이다
흔들리며 꿈을 다지는 것이다

함께 기대고 서서
서로 비벼가며 살아가야 하는 것
억새 같은, 삶은 그런 것이다.

위선의 하얀 천사

바람에 흔들리는 꼬리는
아직 가을 같은데
겨울이라 흘기며 바라보는 눈은
겉 속이 모두 하얀 겨울눈이라지

눈꽃으로 피어 가지마다
하얗게 잡아떼는 위선의 시치미는
제 속을 결백하다 순백으로 숨겨도
진실은 언젠가 녹아서 눈물이 되고 말 것을

너는
기다란 이름 앞에서
한 세월 하얀 돌이 된다 해도
언젠가 네 위선은 봄볕에 녹아들어
투명한 눈물로 고백하고 말 것이다

그리도 곱던 가을의 향연을
한 날 서럽게 보내야 했던 너는
분명 위선을 품은 하얀 천사였다.

하루살이

하루살이가 성질을 휘 젖는다
보일 듯 눈앞에서 사라지고
잡힐 듯 손끝에서 멀어지는 너는
그 작은 몸에 눈이 어디에 몇 개인 거니

그냥 두어도 하루의 일생뿐인 놈이
손을 저어도 잡히지 않고
내 심경을 어지간히도 괴롭히는구나

성난 손바닥을 펴고 너를 노리는데
하루의 삶도 길어서 죽음을 재촉하는 너는
결국 내 손바닥 안에서 생이 부서지고 만다

부서진 네 몸뚱이를 아무리 쳐다봐도
눈이 어디이고 코가 어디인지 알 수가 없는데
민첩한 척, 하루도 온전히 못사는 죽음을
그리도 원했더냐

그놈 참!
나를 귀찮게만 안 했어도 살생은 면했을 텐데
네 결국 죽음을 원했으니 죽어서도 원망은 마라.

나는 외롭다

나는 외롭다
아내는 있으나, 안에는 없다
자식은 있으나, 자의식은 없다
나를 가슴에 넣고 사는 이는 오직
고향에 홀로 계신 내 어머니시다

공허속의 이상(異想)은
외로움에 지친 영혼을 이끌고
비가 쏟아지는 까만 밤을 질주한다

나서는 발걸음을 잡는 듯하나
지탱해온 열정을 짓밟히고
무정함으로 외면당한 가슴에는
그 소리가 멍할 뿐이다

지금의 자리에서 나를 몰아내고
내 안의 시곗바늘을 거꾸로 돌리고 싶다

자각 없는 안타까움을 부여할 곳 없으니
외로우면 외로운 대로
그리우면 그리운 대로 살아야 하나
어차피 인생은 홀로 걷는 길이라니.

세월의 무상

닿는 심사가 모자라니
눈에 보이는 것마다 가소롭고
영혼에 와 닿는 것 하나 없네

넘치던 초록 물결은
가지 끝에서 추풍에 울고
이슬에 젖은 잠자리는
날개가 천근이라며 젓지 못하니
이 안타까움을 어이할까나

한세월 무심히 흘려보내고
찬바람 가슴으로 휘돌아들 때
철렁 내려앉은 심장
이제야 놀란 눈을 크게 뜨니

스쳐 간 세월의 허무함은
주름진 눈가에 이슬로 차고
빠른 세월의 요령(搖鈴) 소리만
딸랑딸랑 귓가에 찬다.

돌아가는 길

해는 지고 장엄히 뜨는데
가고 못 올 인생 덧없음에 슬프고
달은 지고 차오르건만
가고 오지 않는 임은 설움에 싫다

꽃은 지고 피건만
스쳐 지나가는 청춘은 외로움에 슬프고
구름 흐르는 곳에 바람이 불면
지나온 길 위에 남는 허무가 두렵다

거친 세월을 짊어진 굽은 등과
단단히 굳어버린 삶의 뚝 살은
걸어온 자취 그대로인데
순간의 미풍에도 꺾이고 마는 것이 인생이다

하염없이 앞만 보고 걷다가
언젠가는 돌아가야 하는 길
돌아가면 다시 올 수 없는 외길
가깝고도 먼 길 필연 돌아가야 한다지.

고독 위에 핀 꽃
5부

꽃바람

차가운 고독이 내려앉는 밤
수없이 스러져가는 허공을 가슴으로 품어
그리도 진한 연분홍으로
그리움 봄 동산에 살라내는가

저 십일 홍, 지고 나면
설레는 가슴 위에
그리움 더욱 짙어질세라

서러운 고독 온전히 딛고 서서
산 산에 연록의 꿈 심어놓았나

바람에 흔들리는 율동
하나가 사랑이다

살랑대는 몸짓
가슴에 와 닿으니
내 무딘 영혼도 환희에 차고 만다.

봄소식

겨울비 속으로 봄은 말없이
바람을 타고 새벽을 열어와
나무에 눈을 뜨고 꽃을 피우라 한다

햇살 비에 젖으면
봄을 거역하지 못하는 꽃은
봉오리 내밀며 살금살금 얼굴을 연다

바람에 실린 윤회는
얼어붙은 나무의 눈을 뜨게 하고
꽃봉오리 맺어 우리를 초대한다

아름답고 위대한 자연은
스스로 바람 불고 비를 내리고
아무것도 모르는 우리가 살 수 있도록
진리로 다가온다

깨달음 없는 우리에게
말 없는 윤회로 해마다 은혜를 베풀며
더불어 아름다운 세상 열어가라 한다.

들꽃 사랑

그리워하면서도
마음대로 다가가지 못하고 발목 잡혀서
거친 땅바닥에 뿌리박아
그 자리에 그리운 대로 들꽃은 핀다

하얀 꽃잎 아직
누구에게도 주지 않은 눈길
도도한 순결함에
바라보는 눈동자 서먹하다

말 못 할 그리움으로
모가지 길게 빼고 서 있는 들꽃
홀로 마주하고서야 사랑을 알았네

비바람 맞서며 아직
한 번도 불려보지 않은 순결함에
지고지순한 사랑 가슴으로 흐른다.

개나리

아! 곱다
그 노란빛은 네 영혼인가

화사한 모습
너무 맑고 가벼워
새뜻이 하늘로 날아오를 듯하네

빈 줄기에
잎보다 먼저 피우는 꽃
아마도 전생에
네 영혼이 그리도 맑았던 것이구나

환한 얼굴로
세상을 맞는 너는 뭇 사랑이다

여린 줄기에 촘촘한 꽃잎
곁에서 바라봄이 모자라
꺾어서 한 아름 품고 싶구나.

두견화

봄이 왔다니!
진실을 거짓으로 믿으며
망설이는 마음 수 없어

인내의 열매는 달다더니
시린 날에도 그 말 믿어 봉우리 맺었구나

어느덧 봄은 짙어만 가고
그 길 따라 또 속고 마는가

영원할 듯
네 붉은 심장 날 유혹하더니
넌 언제나 짧은 사랑뿐
쉬이 지고 말더라

너를 바라보매
넌 또 속이고 난 또 속지만
속이고 속는 것도 우리의 숙명

넌 훗날 여기에 또 고운 모습으로
다시 날 유혹할 것인데
속을 것을 알면서도 속아야 하느니.

진달래와 봄비

산 산을 휘두른
연분홍 치맛자락
봄바람에 살랑살랑
고운 율동으로 다가오면
오직
나만을 위한 시간을 살포시 잡는다

네 얼굴 바라보면
더 그리워 애 닳다
밤비에 젖은 맑은 영혼이
투명한 옥구슬로 꽃술에 맺혀

방울방울
아침 햇살을 한 아름 잉태하면
또르르
사랑이 구르는 소리 가슴에 찬다.

할미꽃

바위보다도 무거운
풍운의 억압 속에서
한평생 할 말 못해온 벙어리로
그리워하며 땅바닥만 바라본다

모진 세월의 아픔을 홀로 안아
눈물 없이 가슴으로 피우는 꽃
입 벙글어져도 말없이 얼굴만 붉다

바람 골에 피어나도
늘 겸손하고 애틋한 자세는
꿋꿋이 돌아서지 않는다

다소곳이 숙인 고개
붉은 사랑 하얀 솜털로 감싸고
할아버지 무덤가에 쓸쓸히 피어서
애증의 눈길만 서러워하노라.

백목련

아! 우아함
고요하고 나지막이
먼 꿈길을 돌아온 듯
웃으며 반기는 눈길 곱다

찬바람에 떨던 골육은
실오라기 하나 걸치지 않은 하얀 살결로
그토록 우아한 자태 영혼 속에 품었던가

지독한 한설 오롯이 맞서며
긴 그리움 다진 순백의 욕망을
저리도 눈부시게 허공에 살라내는가

고독 위에 핀 순박한 영혼은
인고의 설움을 원망도 미워도 않고
환하게 웃는다

바람 불고 비 오는 날
기다림에 지쳐 꽃잎마다 절절히 새겨둔 그리움
툭툭 땅바닥에 곤두박질칠 마음 서러워도
그날을 슬퍼하지 않고 환하게 웃는다.

벚꽃 길을 거닐면

벚꽃 따라 거닐면 내 마음은
그 빛깔 따라 하얀 날개를 달지요

하늘을 날고
흐드러진 꽃잎 위를 훨훨 나는
벌 나비가 되지요

내 마음은
나이를 잃어버리고 나도 모르게
동심으로 돌아가고 말지요

순간순간 하얀 꿈속을 거닐며
티 없이 맑은 신선이 되고 말지요

내 마음은 벚꽃과 하얀 벗이 되어
나이를 잃어버린 꿈길을
한없이, 한없이 걷고 말지요

벚꽃 따라 꽃비를 맞으며 거닐면
내 마음은 하얀 천사가 되고 말지요.

제목 : 벚꽃 길을 거닐면
시낭송 : 박영애

스마트폰으로 QR 코드를 스캔하면
시낭송을 감상할 수 있습니다.

벚꽃 사랑

고요의 임계점에서도 듣지 못한 신음
봄의 길목에서 여린 빛을 머금고도
그리워 신열을 앓던 그 밤은
너를 잉태하고 말았구나

하얀 꽃잎 살랑살랑
실바람 타고 내려와
흰 나비인 양 사랑을 속삭이잔다

파란 하늘이
벚꽃 위에 내려앉고
벚꽃 하늘하늘 손을 흔드니
어찌 무심타 돌아서리오

하얀 밤
꽃 속에 별이 쏟아진다
반짝이는 별 하나 주워서
호롱불로 밝혀 들고
하얀 꽃길을 비추며 간다.

제목 : 벚꽃 사랑
시낭송 : 김지원
스마트폰으로 QR 코드를 스캔하면
시낭송을 감상할 수 있습니다.

넝쿨 장미

붉게 타오르는 정열
온몸으로 끌어안고 싶다.
한데, 네 몸엔 왜 가시가 돋쳤나

뭇 사랑 견딜 수 없는
무언의 배척(排斥)이던가

양팔 뻗어
담장을 타고 늘어진 팔뚝의 가시는
곧은 절개를 지킨다

비껴간 시간 위에서 사랑을 놓친 듯
진하고도 고운 슬픈 미소는
가만히 서서도 나를 부르고
바람 불면 온몸으로 내 영혼을 휘감는다

나는 네 붉은 입술이 좋다
정열적인 네 모습이 너무 좋다
너를 기다려온 세월만큼 네가 좋다.

장미꽃의 약속

담장 위에 쏟아놓은
붉은 정열의 풍파도 가라앉고

그 곱던 얼굴
화장기 사라진 아침
기다림, 끝끝내 마주하지 못하고
서러움 가슴 깊이 간직한 채

임 돌아간 길목 지켜 서서
이다음에 다시 피워낼 것에
필경, 다져진 그리움은 더욱 짙겠지요

붉은 기다림이 서러웠다 해도
나는 그때 다시
그대를 기다리며 피우고야 말겠소.

나팔꽃 연가

밤새 그리다가
파랗게 터진 그리움아
하늘이 파래서 너마저 파란 거냐

짧은 생이 서러워
푸른 멍 빛을 품었더냐
설움 감춘 나팔꽃 아침을 방실거린다

먼동 바라보며 불어대는 무성나팔은
하늘 향한 외침이 서럽도록 곱다

남의 육신 부여잡고 빙빙 감돌아
몰래 한 사랑도 사랑이라며
아침이슬 한 모금에 웃음꽃 환하다

이슬만 받아먹고 그리 곱던가
해지면 따라지는 짧은 운명 앞에
애달픈 풋사랑 까맣게 탄다.

도라지 꽃

그리움, 별로 품어 안은 채
어쩌자고 토라져서 홀로 피었나

맑고 고운 얼굴 어찌도 예쁜지
눈이 갈까, 손이 갈까 마음 바쁘네

네 또래 보고 싶어 뿌린 씨앗은
다 까먹고 어째서 혼자 피었나

보랏빛 그리움 하늘 우러러
별로 숨긴 외로움은 아침 이슬로 말끔히 씻자

돌아앉아라. 외롭다고 토라지지 말고
누구도 널 사랑하니까

바라보다 돌아간대도 바로 보아라
돌아서서 흐느끼지 말고
누구도 널 사랑하니까.

들국화

아침 이슬 차가운데
밝게 웃는 들국화야
긴 밤 차가움도 잊은 채
그리도 아침을 그리워하며
하얀 웃음꽃을 피우려 지새웠는가

따끈한 커피 한 잔에 너를 바라보며
어제의 엉킨 삶을 풀어 내린다

맑게 웃는 너를 바라보면
멘 가슴이 밝아오고 오늘 있을 일들이
조금은 가벼워질 것을 믿기에
나는 오늘도 너의 향기를 음미한다

햇살 가득 대지에 머무는 한 뼘 가을에
억새의 서걱대는 바람을 이고
하얀 웃음꽃으로 살랑대는 들국화

가을을 걷는 사람들의 마음을
부드럽게 핥아주는 너는
작고 하얀 천사 같구나.

동백꽃 사랑

임이시여!
동백꽃의
서러운 기다림을 아시나요

서러움 뚝 송이째 떨치는
붉은 눈물을 보셨나요

긴 통한을 삼켜서 붉어 버린 연정
땅바닥에 뚝 떨칠 때면
가슴은 허물어집니다

임이시여!
동백꽃의
그 아픈 사랑을 아시나요

그리다가 지쳐 붉은 연정 토해내고
뼛속까지 아파하는 가슴을

그래도 사랑 없인 못산다 하니
이다음에 동백꽃은 또 핀다지요.

제목 : 동백꽃 사랑
시낭송 : 박태임
스마트폰으로 QR 코드를 스캔하면
시낭송을 감상할 수 있습니다.

피고 지는 꽃

봄이 핏빛으로 진자리에
파란 꿈들이 속삭이더니
여린 생명은 어느새 붉은 노을 속으로 흐른다

생명은 저토록 고귀함에
삶이 고단해도 살아내야 하는 것

세상 만물과 춤추며
외로움은 쌀뜨물처럼 씻어내고
함께 사랑하며 살자

걷는 길이 외로울 땐
고갯마루에 걸터앉아 뒤를 돌아보며
흰 구름 흘러가는 하늘을 보자

꽃피고 꽃이 지는 날
바람 같은 인생을 노래하며
외로운 영혼을 달래어 보자

인생은 피었다 지는 꽃
피고 지는 것이 어디 꽃뿐이던가.

꽃은 영원을 꿈꾸며 진다

봄꽃은 영원을 꿈꾸며
짧은 생을 사랑으로 이어가는 것이다

여린 잎은
바람을 타고 노래하며 율동에 흥겨워서
다가올 이별도 모른 채
아침의 거리는 꽃향기 요동한다

사랑이 시작된 환희의 날에
심장의 고동 소리 들려오면
가슴이 뛴다

저 찬란했던 날에 바람이 돌면
모든 아쉬움 곳곳에 뿌려둔 채
어느덧 봄꽃들은
사랑 속에 영원을 꿈꾸며 진다.

소나무

척박의 땅 늘 푸른빛
널브러진 볕과 성근 바람 안고
끈끈한 송진을 만든다

삼백예순다섯 날
네 푸른 숨소리는 희망이며
바닷속보다도 더 짙은 네 꿈은 내 꿈이다

한 생을 누비며
홀로 백 년 깊은 고뇌에 들어도
나는 푸른빛을 띠지 못하건만
사철 푸르러 꿈을 품으라 하네

보라!
말 없는 저 소나무의 창창함을
들어라!
메마른 세상
탓 없이 홀로 푸르러 서라 하네

여기 소나무와 함께 산새 소리 우러러
한세월 푸른 삶 살고지고
자연을 벗 삼아 흘러가리.

대나무

근본부터 비운 마음 누구 알랴
비워서 더 굳센 모습
너를 품어보지 않고는 모를 거다

더 채우려 하는 것은 바람이며
하늘을 우러러 부끄러움 없이
비우고도 곧은 절개 뉘고 모를 거다

바람에 흔들려도 다시 제자리
곧은 마음 한결같고 굳세어서 좋다
맑고 곧은 푸른빛 언제나 너를 우러른다

사람들은 그 뜻 따르기
어찌 그리도 어려운가

얼마를 더 살면 그 뜻에 닿을까
모자란 마음 부끄러워
너를 하염없이 우러른다.

삶을 사랑하자

마른 잎에도 사랑이 배었거늘
잎 떨치는 삭풍의 잔인함을 본다
그러나 떨어져 뒹구는 저 낙엽 위에도
못다 한 사랑은 흐르고 있다

죽어서 사는 환생의 진리가
저 뒹구는 낙엽 속에도 깃들어 있으며
억만년 품어온 진리는 변하지 않지만
인간은 그 진리가 변하리란 어리석음을 품고도
그 어리석음을 알지 못한다

삶은 절체절명의 순간에도
절대로 살아내야 하는 사명이며
죽는 그 순간까지도 고귀한 것이다.
최선을 다한 삶이라면 죽음에 회한은 없을 것이며
삶이 죽음보다 가벼움을 알자

쓸모 있는 죽음을 살자
헛된 죽음을 버리고 쓸모 있는 죽음을,
푸른 잎 낙엽으로 지듯 고요히
꽃보다 아름다운 죽음을 살자.

고향길

꾸불꾸불 굽은 길 내 고향길
오르막 고사길 뛰어놀던 곳

새벽을 깨워 감꽃 주우며
고사리손 삘기 뽑던 언덕 위에서
친구들과 정 다지며 뛰어놀던 길

그네 타고 술래잡기하던 왕 소나무도
가을이면 상수리 줍던 왕 참나무도
지금은 모두 베어지고 없네

잠자리 날고
개구리 뛰어놀던 논길 맨발로 달리며
우렁이랑 송사리 잡던 곳

하늘엔 종달새 우짖고
미루나무 위엔 때까치
숲속에선 장 꿩 울어대던 곳 거기 내 고향

지금은 동네 어르신들 먼 길 떠나시고
발가숭이 친구들도 객지로 떠나고
의구하다던 산천도 변해버리고
곳곳에 옛 추억만 덩그러니 걸려있네.

가을의 언덕 위에서

여름은 가을이 오던 길목을 막아서며
소모적인 힘겨루기를 하다가
주르륵 눈물을 흘리며 허공으로 스러져갔다

허공은 온통 멍 빛으로 물들어가고
사람들은 멍든 상처를 가슴으로 안는다

한 시절 꿈을 살라냈던 푸른 영혼은
붉은 멍 빛으로 시름시름 열병을 앓다가
작은 바람에도 떨어지고 말 것을
벗겨진 오라기에 시린 바람은 어이할까나
가는 발길 떨어지지 않아 뒤돌아보지만
더 내어줄 것은 없다

가을은 세월을 업고 빠르게 스쳐 간다
저 세월 위에 내 모습이 보이니
가을은 가득 찬 곳간 앞에서도 서러울 뿐이다

그대로 영원할 양
찬란하던 초록 잎들이 갈색의 낙엽으로
쓸쓸히 바람에 나부끼는 모습에 눈물이 돈다.

고독 위에 핀 꽃

조한직 제 2시집

초판 1쇄 : 2018년 5월 4일

지 은 이 : 조한직

펴 낸 이 : 김락호

디자인 편집 : 이은희

기 획 : 시사랑음악사랑

인 쇄 : 청룡

연 락 처 : 1899-1341

홈페이지 주소 : www.poemmusic.net

E-Mail : poemarts@hanmail.net

정가 : 10,000원

ISBN : 979-11-6284-015-3